图书在版编目（CIP）数据

了不起的大森林 /（西）萨拉·费尔南德斯，（西）索尼娅·罗伊格著；（西）萨拉·费尔南德斯绘；胡文雅译. 一广州：广东人民出版社，2024.2
ISBN 978-7-218-17019-0

Ⅰ.①了… Ⅱ.①萨…②索…③胡… Ⅲ.①儿童故事—图画故事—西班牙—现代 Ⅳ.①I551.85

中国国家版本馆CIP数据核字（2023）第195672号

LIAOBUQI DE DA SENLIN
了不起的大森林

[西] 萨拉·费尔南德斯　　[西] 索尼娅·罗伊格 著
[西] 萨拉·费尔南德斯 绘　胡文雅 译　　　　版权所有　翻印必究

出 版 人：肖风华

策划编辑：钱飞遥　赵　丹
责任编辑：钱飞遥
责任技编：吴彦斌

出版发行：广东人民出版社
地　　址：广州市越秀区大沙头四马路10号（邮政编码：510199）
电　　话：（020）85716809（总编室）
传　　真：（020）83289585
网　　址：http://www.gdpph.com
印　　刷：广州市樱华印务有限公司
开　　本：889毫米×1194毫米　1/16
印　　张：6.5　　　字　数：60千
版　　次：2024年2月第1版
印　　次：2024年2月第1次印刷
定　　价：69.80元

如发现印装质量问题，影响阅读，请与出版社（020-87712513）联系调换。
售书热线：（020）87717307

©2021 Sara Fernández, text and illustrations
©2021 Sonia Roig, text
©2021 Jesús Ortiz, editor
© 2021 A buen paso, Mataró
First published in Spain under the title El bosque es nuestra casa
This translation published by arrangement with Anna Spadolini Agency, Milano &
CA-LINK International LLC, Beijing.
All rights reserved

著作权合同登记号：图字 19–2023–034 号

给孩子们的一封信

很多时候，森林给我们的第一感觉是遥远、荒蛮，似乎只有到很远的地方才能发现森林，在童话世界里甚至有狼外婆与小红帽，有迷失的公主和七个小矮人……然而，真实的森林离我们其实没有那么遥远，草木聚集而成林，我们在路边、田野经常会遇到它们，只是我们往往无意间错过了它们。当我们再次遇到林木的时候，你是否愿意停下来观察一下？你一定会发现有趣的东西！这本书也将带给你同样多的惊喜。

通过这本书，你将知道，一片林木其实不只是树木，而是一个比我们想象的要广阔得多的系统。从地下到空中，这本书是少有的能将这个体系近乎完整展现出来的图书。比如在这本书中提到了树木根系和真菌共生的系统——菌根系统，相当多的相关书籍中都不会提到它。然而事实是，绝大多数的树木的根系和真菌共生形成了菌根系统，整个菌根系统组成了庞大的网络穿插在土壤之中，也连接着各个植物的根系，在地下将各个分离的林木组成了密切关联的整体。这些在地上是完全看不到的。当然，你也许能发现在某些树林中特别容易出现某种蘑菇，这其实只是菌根系统在地面上稍稍露出的一角。此外，森林中生活的鸟兽、昆虫等，乃至微生物和土壤，也与树木形成了千丝万缕的联系。只有将森林看成一个整体，你才能读懂森林、理解森林。

让人欣喜的是，这本书不只立意很棒，知识细节处理得也很好。比如教你通过观察有关叶子的细节来区分植物，比如细致讲解植物的年轮，尤其值得称道的是这本书对生物学名的介绍和对学名、俗名的区分，从作者到译者，都做得很好。在生物学上，学名是一个物种的唯一标识，只有知道一个物种的学名，才能通过文献去检索更准确的信息。遗憾的是，由于物种的学名是两个拉丁语单词而不是中文，国内一些图书（甚至包括某些成人读物）在翻译出版时会直接将学名删去，这是非常不专业的做法，将使读者失去按图索骥进一步检索信息的线索。而这本童书能解释和保留一些学名，我觉得尤为难得，结合书中对植物形态细节的介绍，将有利于启蒙孩子更早地了解生物学研究的科学方法，为将来打好基础。

最后，我再一次向你推荐这本书，开卷有益，愿你阅读愉快。

冉浩

科普作家、学者

小朋友，你好！ 10

森林里的四季 12

世界上有哪些类型的森林？ 16

千树千面 20

森林的演变史 24

观察森林 28

探索土壤 32

森林是如何运转的？ 36

神奇的光合作用 40

先有种子还是先有树？ 44

你明白木头上的所有信息吗？ 50

森林里的动物不只是靠树木生活 56

森林如何照顾我们？ 60

城市中的森林与森林中的城市 64

濒危的森林 68

着火了！ 72

如何保护森林？ 80

如何修复一片森林？ 84

你可以为森林做什么？ 88

找找它们藏在哪儿 92

去森林要注意什么？ 99

小朋友，你好！

我们是萨拉和索尼娅，世间万物中我们最喜爱大自然，尤其是大森林，因此多年前我们就决定要成为林业工程师。我们知道保护森林有多么重要，因为只有把森林照顾好，它才能继续保护我们所有人。

在这本书中，你会渐渐发现森林里的一切都相互关联，包括我们人类也和森林联系在一起：我们的生存需要森林。

有一天，我们散步时遇到了西尔维娅，然后立刻发现她和我们很像，不只是头发像。她既是一位森林迷，也是一位科学家。她喜欢质疑、观察和实验，并从中得出自己的结论。在遇到她之后，我们决定写这本书。

现在，是时候把教授、研究人员、村民以及书本教给我们的知识分享给你了。所以我们问西尔维娅是否愿意在这本书中做你的向导，她觉得这是一个好主意。

　　这是一本我们小时候就希望拥有的书。这本书中的一切都是真实的：你在书中看到的东西，你去森林的时候也会看到。当然，你在森林里看到的同样也能在书中找到。为此，我们画了180多种植物和动物！

　　在这本书中，你会了解许多关于森林的知识，等你读完最后一页，你可能会成为一位森林专家。而且，我们在每一页都留了许多细节和线索，让你去进行科学研究。你需要自己找到线索，提出疑问，并推断发生了什么。你会发现这非常有趣，像在玩侦探游戏。记住，西尔维娅会帮助你。

　　对了，你还可以按照任意章节顺序阅读这本书。如果你突然觉得有必要在其他书籍或者网络上查找更多信息，那么祝贺你，这代表你已经开始像科学家一样思考了！

让我们开始探索森林吧！

森林里的四季

一年中几乎每天你都可以去森林。没有坏天气，只有不合适的服装。背上你的双肩包，穿一双舒适的鞋，为你将在森林里看到、摸到、闻到和听到的一切做好准备。

　　森林里有很多你意想不到的东西！如果你很幸运，有一个非常了解植物的人陪你一起去森林，那么你可能还会发现一些森林中的美味。

14

15

世界上有哪些类型的森林?

有些树木害怕寒冷，有些树木需要水分，所以从赤道到南极北极、从山脚到山顶、从海边到内陆，森林的类型是有变化的。有些树木非常挑剔土壤，还有些树木只生长在一个大陆或地区。不过，几千年来，我们人类已经按照自己的意愿改变了森林。

你，你是谁？

有些物种是外来的，也就是说它们以前生长在其他地方，因为具有经济价值或外观美丽而被种植到新地方。它们可能会带来一些疾病，这些疾病对它们自己来说不严重，但是对本地物种而言，可能是一个大麻烦。还有一些外来物种会成为"入侵者"，入侵者的意思不是说它们是外星人，而是说它们替代了原来在这里自然生长的植被。

我先走了，朋友

冰河时期，森林为了不被冻死而搬家。这不是说树木开始在地球上奔跑，而是树木的种子散播到了各地，但是只在比较温暖的地方生根发芽。冰河时期结束后，树木也回到了原来的地方。欧洲和亚洲的许多物种被海洋或山脉阻挡，无法逃到更温和的地区，所以逐渐灭绝了。而美洲的物种成功转移到了更温暖的地区。所以现在美洲的物种最多，比如拥有最多的橡树种类。

现在由于气候变暖，一些物种也无法在原来的地方生长，开始向更凉爽、更潮湿的地区转移。

万物相连

德国自然科学家亚历山大·冯·洪堡是第一个研究山区植被分布的人,他发现森林类型是根据地区而变化的。而且他第一个发出警告:砍伐森林会改变气候。除此之外,经济、政治和社会对环境的变化都有影响。看看这多么荒唐:200年前他就说了这句话,而我们中的一些人现在才开始关注它!

千树千面

　　所有的树都有相同的部分：树根、树干、树枝、树叶和花朵等，但是每种树又各不相同。即使是同一个物种，每棵树也是独一无二的，就像我们人类一样。过去几百万年中，树木一直在适应不同的气候和天敌，现在全世界有6万多种树木。

植物的分类系统

瑞典生物学家卡尔·冯·林奈发现不同植物之间存在"亲戚"关系，他设计了一个植物分类系统来建立秩序。他用拉丁文给植物统一命名，每种植物的学名分别由一个姓氏（属名）和一个名字（种小名）组成。但是在不同的国家，人们会给同一种植物起不同的"外号"。例如，学名"*Quercus pyrenaica*"（比利牛斯栎）的树，我们俗称它橡树、柔毛栎或栎树；学名"*Quercus robur*"（夏栎）的树，我们也俗称它橡树或栎树。那达尔文有什么发现呢？他发现生物在一代又一代地演化，存活的物种不是最强壮的，而是最能适应环境的。

水青冈
叶片边缘有毛

北美黄杉
叶子带有橘子味

白蜡树
复叶对生，树皮表面有皮孔

柳树
芽紧贴树枝，花朵毛茸茸

樱桃树
叶子簇生堆叠

注意观察树叶！

要识别一棵树，我们可以观察树叶的形状、颜色、硬度、气味，以及叶片边缘的形状、是否有毛、单叶还是复叶等。那如何分辨单叶和复叶呢？如果一个叶柄上只有一片叶子，就是单叶。除此之外，我们还可以观察树叶在茎枝上的排列方式，看它是对生状、阶梯状、螺旋状还是手掌状等。对了，针叶树有自己专属的叶子类型：刺形或针形。

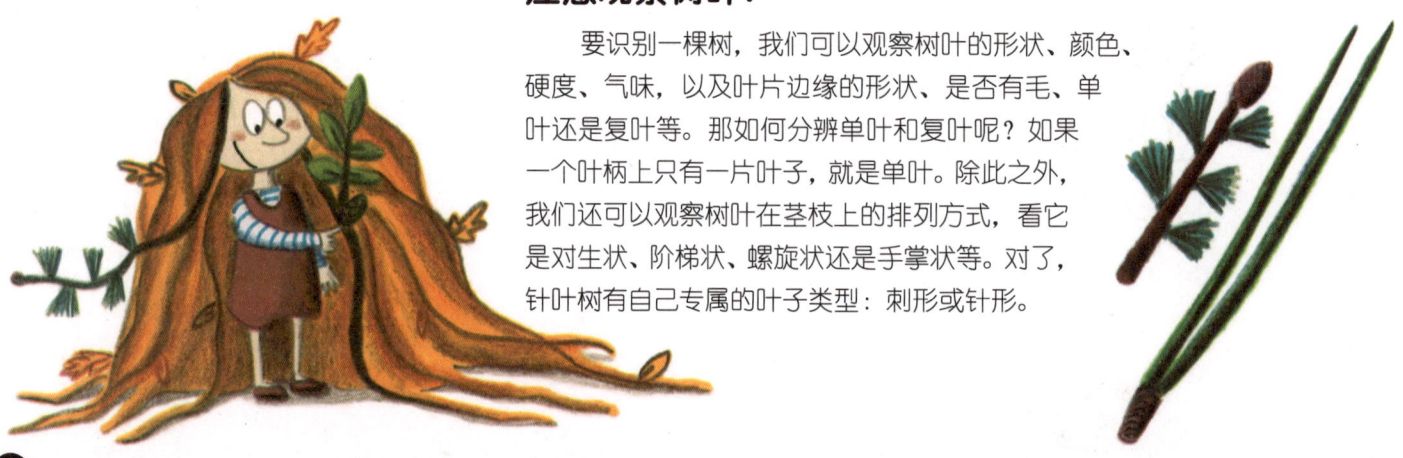

雪中的树

这类树是圆锥形的,树枝柔韧,雪的重量不容易把树枝压断。例如:冷杉、落叶松。

常绿的树

夏天植物干枯或者冬天一切被白雪覆盖时,这类树通常是动物唯一的食物。为了自我保护,这类树低处的树枝及树叶上往往有刺。例如:冬青栎、欧洲枸骨。

冬眠的树

这类树在冬天停止一切活动来抵御寒冷。它们在冬眠之前储备了足够的营养,等到春天来临再发芽。例如:水青冈、榆树。

革质叶片的树

这类树的叶片又小又硬,表面有蜡或毛,不会出很多"汗"(吐水)。其中有些树的树皮很厚,可以防止火灾伤害。例如:角豆树、西班牙栓皮栎。

热带的树

在热带生长的树,由于雨水和养分充足,所以长得很高大,而且树根也不用为了生存而扎得很深,但是它们需要支柱根的辅助。它们的树叶大而光滑,水能从叶片上滑落,可以防止滋生真菌。例如:桃花心木、榕树。

森林的演变史

现在的森林是末次冰期（约11万年前至1.2万年前）之后诞生的。很快，人类就开始通过农业和畜牧业来改造森林。随着社会发展、技术革新和战争破坏，森林也在不断地发生改变。它的历史就像一部不会结束的电影，你今天看到的只是电影的一个瞬间，这个瞬间之前、之后都不是这样。我们可以从已知的历史事实、古书中记载的信息、建筑物中使用的木材和一些木制品来推断森林的演变，还可以通过分析考古发掘的植物和花粉化石来进行推断，但是我们无法知晓一片森林未来的样子。

从1500年前到500年前　　从2500年前到1500年前　　从12000年前到2500年前　　12000多年前

种植业发展壮大。由于板栗树和榆树有利用价值，所以被人们广泛种植。有些森林变成了神圣的地方，但同时战争也开始破坏森林。

人类开始定居生活。为了确保食物来源，人们把森林开发成农田，种植农作物，也开始驯养家畜。

由于人类是狩猎采集者，所以在末次冰期，人们很难在冰天雪地里找到食物。

观察森林

景观是自然变化和人类活动共同作用的结果。很多不同的景观，在我们看来可能都是美丽的。但是如果我们仔细观察和推断，就能了解一些景观的历史和现状。我们甚至可以从远处识别树木的种类，辨别这个地区是否发生过火灾，即使它看起来没有任何被烧过的痕迹，还可以得知这里是否有牛羊，等等。像这样，可以对景观进行解读。

从远处观察

区域的不同颜色代表不同类型的植被。即使树叶掉光了,树木的颜色也是不同的!比如在冬天,远远看过去,水青冈林是一片深紫色,橡树林则是一片灰色。等春天叶芽长出时,橡树林又会变成一片紫红色。我们还可以通过颜色分辨河流的位置,尤其是夏天,河边的植被往往比远离河流的植被要绿得多,而且河边植被的分布也呈现了河流的形状。

如果有虫害或旱灾,我们会看到一些树木在本该长满绿叶的季节,叶子发红或者掉光。如果一座山从一条比较水平的线往上不再有树木,这告诉我们,这座山在这个高度以上风太大,太寒冷。如果我们看到有些牧场没有灌木丛,草地也有些秃,那表示牛太多了;相反,如果我们发现灌木丛越来越大,那是因为动物很少。当然,如果我们观察的地区灌木丛很多,而且随着山的海拔升高长成一片三角形,则那里可能发生过火灾;如果出现一排排的树木,都是同样的高度和颜色,那么这是一片人造林。

近距离观察

每种树木的树皮都不相同。桦树的树皮白得像纸;欧洲赤松的树皮裂成龟甲状薄块,最外层是橙色的;水青冈的树皮很光滑。树干上的地衣和苔藓也决定了树干的外观。地衣和苔藓有黄色、绿色、灰色,有的像海绵,有的像丝瓜瓤,还有的像油漆污渍。树枝的形状也各不相同,有的向上、向下或反方向对生,还有的呈阶梯状生长。除此之外,每一片森林的光线都是独一无二的,因为它取决于各种树叶不同的样子。例如水青冈林春天的光线非常绿。俗话说"一叶障目,不见森林",你试过透过树叶看天空吗?

微距观察

有些物种是生物指标,它们在某个地方出现,就说明那里的环境非常健康。例如蜻蜓、蜉蝣、两栖动物、地衣、兰花、牡丹等都是生物指标。

假设我们是微型动物,那么有些微观景观就是一个可以边看、边闻、边触摸的大世界。带细小绒毛的树叶、几百朵管状花组成的雏菊花芯、像森林一样色彩缤纷的苔藓,还有昆虫等。如果你仔细观察,就会发现它们都是很奇妙的生物。

探索
土壤

肥沃的土壤非常重要，如果没有它，地球上几乎不可能有生命。土壤只有很薄的一层，假如地球和足球一样大，那么土壤的厚度比你的头发丝还要薄3500倍！由于生成土壤的岩石（母岩）类型、气候、周围活动的万千生物以及土壤在形成过程中所处的阶段都不相同，所以土壤分为很多种类。它的形成过程就像一场拉锯大战：一边在深处生成，一边在表层风化。它的形成往往需要几百到几千年，但是如果它没有受到保护，可能在几个小时内就被强风暴全部摧毁。

破碎的岩石

这一切要从岩石的解体说起。虽然岩石看起来很坚硬,但是却会在雨水和冰雪的作用下瓦解、碎裂,并被各种微生物覆盖,比如细菌、地衣、真菌等。这些微生物释放的化学物质会侵蚀岩石,但等它们死亡之后,它们的遗骸却会变成有机质。

缓慢的变化

有些种子能够在极少的有机质上发芽。这些新生的植物是小动物的食物,而小动物则是大动物的食物……就这样,越来越多的排泄物和动植物遗骸融入大地,也有越来越多的化学物质侵蚀着母岩。

越多越好

四分之一的物种生活在土壤里!在一克土壤中,我们可以发现成千上万个细菌、真菌,以及蠕虫、蚯蚓、昆虫、蜱虫、蜈蚣和其他微小生物。

不只是泥土

随着有机质和碎石的厚度不断增加，越来越大的植物可以在这里生存。这些植物帮助土壤变得更加深厚，也有助于储存和循环更多的水分、养分和碳，为生物提供更多的空间和资源。但是就像人各有所好，动植物也一样，所以不同的物种生活在不同的土壤中。

完美的食品储藏室

发育良好的土壤就像一块海绵蛋糕。顶层生活着大多数动物，储存着大量的有机质、碳和养分。第二层最厚，可以储存更多的水分。但几乎永远不会干涸的是最下面那层。虽然我们看到这一层有许多石头，但其实在树根的帮助下，土壤仍然在地下继续生成。

致命的侵蚀

土壤的最终演化受到气候、坡度、岩石类型和植被的影响。如果植被消失，土壤的上层失去保护，下方也失去了树根的固定。那水、风和太阳辐射将会破坏土壤，造成侵蚀。

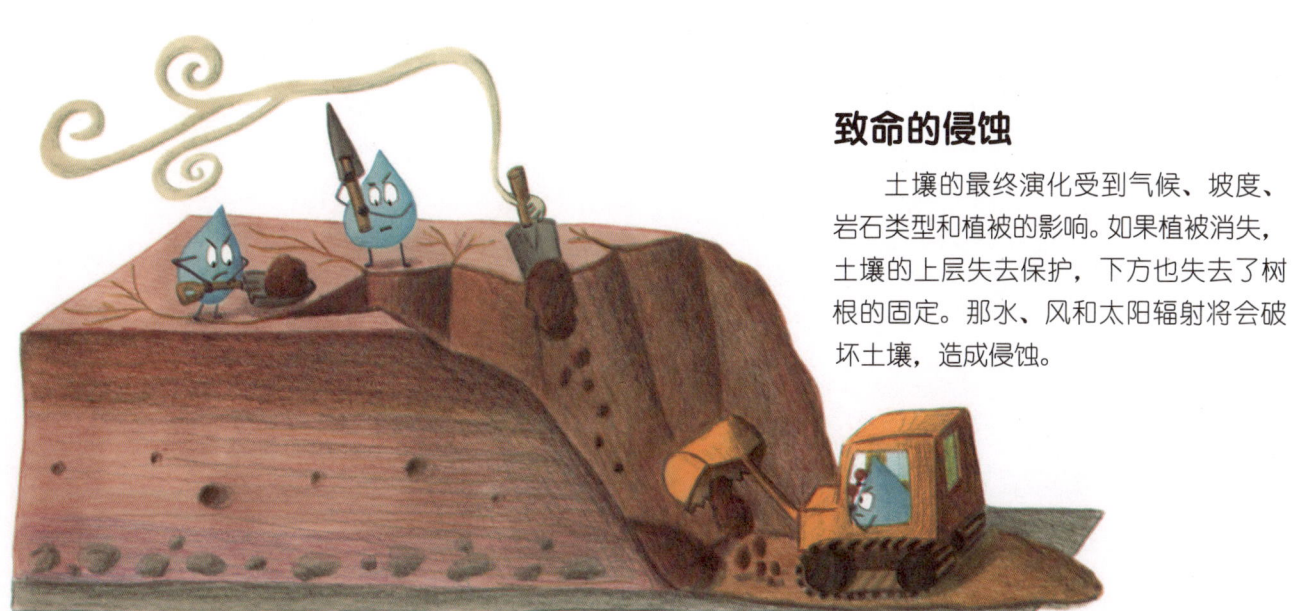

森林是
如何
运转的?

我们在森林里散步时看到的只是冰山一角。森林仿若一个秘密的树木社区，那里所有的树木都通过一个地下真菌网络相互联系、交换信息和物质。所以真菌网络就像森林互联网。

注意啦！

当森林里发生一场袭击——树木发现有的动物吃了太多树叶时，它们会产生多种物质作为警报信号。这些物质中的一部分被传送到树根，通过菌根网络在地下传播；另一部分通过树叶散发到空气中。

真菌：不只是蘑菇

蘑菇看上去像是真菌的果实，但它实际上是由菌丝体形成的。菌丝体是一个非常密集而庞大的地下细胞网络。

我的妈妈宠爱我

母树为了帮助小树苗们成长，会向它们发送防御信号，并输送一些养分。它还会照顾生病的树木。它的树根能到达更深的地方，吸收水分，并把水分让给其他树木。它在关心自己后代的同时也会帮助其他品种的后代。感谢加拿大当代研究人员苏珊·西玛德，她让我们知道，一棵母树可能连接着几百棵其他树木。

收到!

远处的树木做好了迎接袭击的准备,它们释放出一些物质,让树叶变得难吃。

一份伟大友谊的开始

土壤真菌和树根相连形成的共生体叫作菌根。菌根网络就像一个巨大的管道系统,真菌吸收树根无法到达的区域的水分,并输送给树木。它也是一条传递信息的渠道。作为回报,树木把光合作用产生的糖分提供给真菌。这种互利双赢的关系叫作共生。不过,有些树木非常孤僻,通过释放有害物质来阻止其他植物在树下生长,例如胡桃树。但是这类树木比较少见。

小动物,大工程

树木的根部也需要呼吸。小型动物会制造空隙,让土壤拥有很多气囊。同时它们还会先吃掉有机物,再把营养物质还给土壤。

神奇的光合作用

闭上眼睛,想想你最近看到的一棵树。它是什么样子?一定是一棵很大的树。那么你觉得树根有多大?至少和树冠一样大吧!下次你看到一棵树的时候,想象一下树根是什么样的。虽然树根埋在地下,但是它和地上可见的部分一样重要。

同样看不见的还有树木的生长机制——光合作用,这个词来自古希腊语,意思是"通过光进行创造"。但是光合作用并不是通过魔法完成的,它是关于物理和化学的问题。

绿啊，我多么爱你这绿色

太阳光照射到叶片上，激活叶绿体上的叶绿素分子，叶绿体就像一个个微型工厂，从空气中吸收二氧化碳制造糖分，并把氧气释放到空气中。

雨水工厂

太阳的热能（即太阳的热量）从土壤中抽取水分和养分，通过木质部向上输送到叶片，再以水蒸气的形式通过叶片上的气孔进入空气，这有利于形成云。

木质部是多个并排的硬质管道，既向上输送树液，也有支撑树木的作用。

自养

这个词意思是"吃自己"，但不是像你啃自己的指甲那样！树木吸收二氧化碳产生的糖分（碳水化合物）通过韧皮部向下输送，为自己提供生长所需的养分，然后奇迹发生了：空气中的碳以固体木材的形式被存储下来。韧皮部的意思是"树皮的作用"，因为这些向下输送韧皮树液的管道就在树皮下面，贴近形成层的壁。形成层极其娇嫩，而且正是因为形成层的分裂增生，树木才年复一年地变得更加粗壮。

去仓库！

树根和土壤中储存着许多糖分，可以分享给周边有需要的树木。

先有种子
还是
先有树?

一粒小小的种子竟然可以长成参天大树，这很不可思议。而且你知道吗？每种树木（包括灌木、亚灌木、草本植物等）都有不同的生存需求和策略，所以它们种子的发芽和生长方式也是不一样的。有些种子借助风力、水流或者动物（进入动物的肠道或者粘在它们的毛发上）传播；有些种子只能在成年树木的庇护下生长，因此它们几乎掉在哪里就在哪里原地生长；有些种子寿命很短，所以到了一个地方就快速生长；有些种子内部储存了足够的物质，可以慢慢地生根发芽；有些种子在结束休眠之前，要确认冬天已经过去，避免被意外的霜冻摧残；还有一些种子要确认储存了足够的水分，避免传播过程中渴死。但是树木不全是从种子中长出来的，有些树木是从另一棵树的一段树枝、树根或者树芽长出来的。

有个性的种子

严寒中的种子

这类种子发芽之前要经历寒冷。

超级种子

这类种子能够在任何地方生长,即使那里的环境很糟糕。

娇弱的种子

这类种子往往肥厚,需要保护。它们会掉落在母本附近。

谨慎的种子

这类种子一直躲在防火层中,直到危险解除。

被储存的种子

有些动物会在土壤中埋藏一些种子等过冬的时候吃。最终,一部分种子会被吃掉,还有一部分会发芽。

速度快的种子

这类种子第一个发芽。

喜欢冒险的种子

这类种子喜欢征服新的领地,常常远离母本。

坚硬难咬的种子

这类种子要先被动物消化,然后种子外面的壳才会破裂。当心!对人类来说可能有毒!

好动的种子

这类种子在找到水之前,会一直运动。很多人把它们误认成花粉。

树根与小树枝

新枝

有些树木经历火灾或者被砍伐之后并没有死亡。一段时间后，它们的残骸附近会冒出许多嫩枝。它们看起来像新生的小树，但其实是长在同一个树根上的不同树干，而这个树根可能已经有几百岁了！

无性繁殖

有些生长在水边的树木既能够通过种子繁殖出下一代，也能够通过插条获得双胞胎"弟弟"或"妹妹"。只需要一小节枝条，就能长出一棵完全一样的树，就像一棵"克隆树"。

一模一样

所有的树木完全一样也有优点。比如，如果一棵树对某种疾病有抵抗力，那么通过克隆繁殖出来的每棵树也同样有抵抗力。

一棵橡树的诞生

1 橡子成熟后，会由于自身的重量而掉落。

2 这些种子拥有植物早期需要的所有养分。因此它们不用急着长出叶子，通过光合作用来养活自己。相反，它们会先在地下长出非常深的树根。

3 在落地大约六个月之后，小橡树苗才长出叶子，开始自给自足。

一棵松树的诞生

1 松树的球果张开后，里面的种子随风飘落，可以到达几百米远的地方。

2 为了能够飞行，它们的重量必须非常轻，因此这类种子内部几乎没有储存营养物质，需要抓紧时间养活自己。所以它们不会先花时间长出庞大的树根，而是尽早开始光合作用，一般在发芽后一两个星期内就能实现这个目标。

而那些可以食用的松子和意大利石松的松子，则因为太重不能飞行，它们内部包含大量的营养物质！

3 几个月后，小松树将会长出第一批真正的针叶。

你明白木头上的所有信息吗?

一棵树的年轮代表它的年龄，这种话你肯定听过一千遍了。但是你知道为什么吗？而且不是所有的树都有年轮，没有想到吧？

　　解读木质，就像我们之前解读景观那样，通过观察木质进行推断。我们将会知道一棵树的一生中发生过什么，森林的历史是什么样的，以及气候又是如何变化的。比如，现在的气候变化在木质上已经明显地反映出来了。在解读这些信息之前，我们必须先了解木头特有的语言。

告诉我你的成长过程，我会说出你的用途

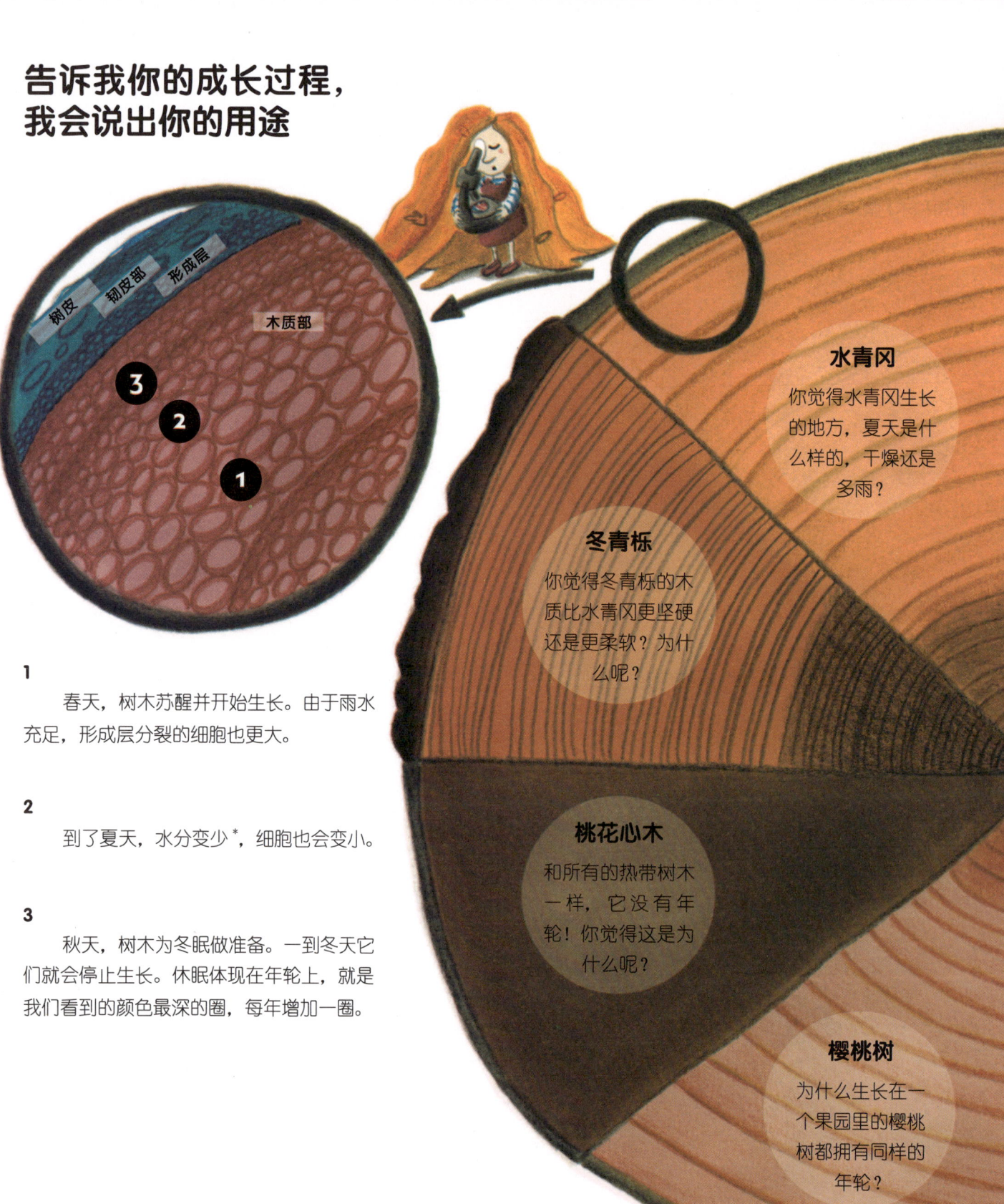

1
春天，树木苏醒并开始生长。由于雨水充足，形成层分裂的细胞也更大。

2
到了夏天，水分变少*，细胞也会变小。

3
秋天，树木为冬眠做准备。一到冬天它们就会停止生长。休眠体现在年轮上，就是我们看到的颜色最深的圈，每年增加一圈。

水青冈
你觉得水青冈生长的地方，夏天是什么样的，干燥还是多雨？

冬青栎
你觉得冬青栎的木质比水青冈更坚硬还是更柔软？为什么呢？

桃花心木
和所有的热带树木一样，它没有年轮！你觉得这是为什么呢？

樱桃树
为什么生长在一个果园里的樱桃树都拥有同样的年轮？

*审者注：欧洲很多地方都是地中海气候，这种气候的特点是夏季炎热少雨，所以才会有这样的说法。

每种树的木质都不相同：结实或脆弱、坚硬或柔软、轻或重、颜色深或浅、光滑或有纹路……因此每种木材都有不同的用途。

杨树

杨木是黄白色的，质地轻且结实。因此它非常适合制作盛放水果的木筐、筷子、火柴和房车内的家具。

冷杉

尽管制作某些乐器需要使用贵重的木材，比如胡桃木、樱桃木、花楸木和一些热带木材，但其实冷杉木也是一个不错的选择。它的重量很轻，具有良好的共振特性，因此也可以用于制作小提琴、吉他、钢琴等乐器。冷杉木也适用于制作木房子的墙壁或地板。

欧洲赤松

这种木材十分坚固，非常适合用作建筑构架。由于建筑技术的提高，城市和乡村的木制建筑越来越多，甚至还有木制高层建筑。除此之外，松木还可以用来制作门窗和家具。这样，树木通过光合作用储存的碳，就被保存在这些建筑和家具中，这对减缓气候变化也有帮助。

每块木头都有自己的故事

树木年轮标本

我们可以在一个树木年轮标本上数出年轮的圈数,但是这必须先砍树。

也可以通过一些树木年轮标本库了解4000多年来的气候变化。

钻孔取样

你还可以通过在树上取一个小样本来数年轮,就像医生给你做血液检测那样。

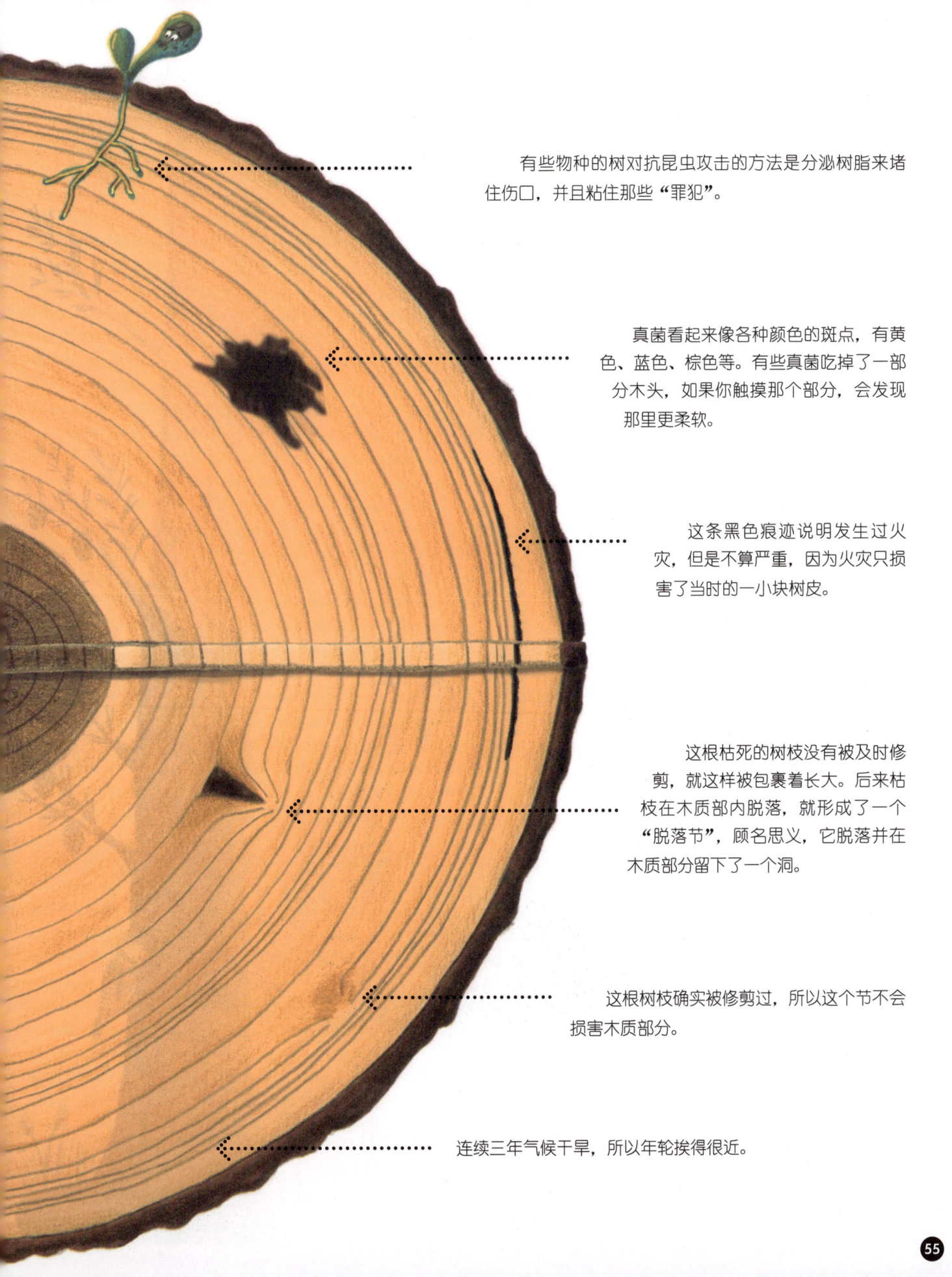

有些物种的树对抗昆虫攻击的方法是分泌树脂来堵住伤口,并且粘住那些"罪犯"。

真菌看起来像各种颜色的斑点,有黄色、蓝色、棕色等。有些真菌吃掉了一部分木头,如果你触摸那个部分,会发现那里更柔软。

这条黑色痕迹说明发生过火灾,但是不算严重,因为火灾只损害了当时的一小块树皮。

这根枯死的树枝没有被及时修剪,就这样被包裹着长大。后来枯枝在木质部内脱落,就形成了一个"脱落节",顾名思义,它脱落并在木质部分留下了一个洞。

这根树枝确实被修剪过,所以这个节不会损害木质部分。

连续三年气候干旱,所以年轮挨得很近。

森林里的
动物
不只是靠
树木生活

经历了末次冰期的食物短缺之后，人类发现耕种土地和驯养牲畜能够保证食物来源。

　　自此，我们开始在森林里放养牲畜，同时把许多森林改造成了牧场。虽然我们改造了大部分的森林，但是现在由于气候变化，一些管理良好的森林牧场比以往更加重要，因为它们既能保护森林免于遭受火灾，也能保持生物多样性。

牧民已经离开

夏天,高山上的牧草依然新鲜;冬天,山谷里的牧草不会被白雪覆盖。根据季节的不同,牧民在高山和山谷之间来回放牧,不再需要为牲畜准备谷物或饲料。其实牧民也为人类的文化财富做出了许多贡献,他们四处传播菜谱、果蔬种子、歌曲等。

濒危的本地牲畜品种

每个地区的本地牲畜品种也是人类最重要的文化遗产之一。它们往往以传统放牧的方式生存,不适宜大型农场的集约化生产模式,因此现在许多本地品种面临灭绝的危险。

去吃树枝

对于牛羊来说,有些树可以食用。当牧草不足时,这类树的树枝会被当作饲料。所以新生的"美味"小树需要被保护才能茁壮成长,比如被荆棘和带刺的蔷薇所保护。

飞在花丛中

蜜蜂不仅为蔬菜和果树授粉,也为许多野生的花草树木授粉。由于蜜蜂的辛勤劳动,森林里有了果实和种子,它们既是野生动物的食物,也能帮助森林可持续发展。有些养蜂人一年四季都在追寻开花的植物。

为田野装上一扇门

有时,为了让一个区域内的植被再生,必须限定一个放牧季节。所以我们散步时会遇到一些关闭的围栏,它们的作用非常重要。

文化景观

牛、羊、马在牧场上走来走去，挑选它们最喜欢和最需要的植物。牧民们割了一些草，存放在圆筒形的仓库里，准备冬天再使用。树篱、小树林和石头围墙连接着生态系统，它们既是动植物的庇护所，也是可供观赏的景观。

牧群消防员

由于气候变暖和一些乡村被废弃，森林里积累的可燃物越来越多。而牧群可以吃掉森林里的部分植被，减少可燃物质，降低火灾的发生概率和严重程度。

吃得越多，长得越好

牧草被动物吃得越多，质量就越好。有趣吧？这就是牧业悖论，因为最可口、最有营养的植物从几千年前就开始被动物所食用了。植物被动物吃过后，会重新长出更嫩的芽，而动物能够帮助植物传播种子，同时也为植物施肥。

森林如何
照顾我们?

也许你很幸运，居住在村子里或者木房子里，能够每天享受森林。不过，即使你生活在城市中心，你的生活中也到处都有森林的痕迹。森林是我们的家园。它照顾我们，保护我们，为我们提供洁净的水、空气和食物，让我们感到放松并拥有新的灵感，甚至还为我们提供衣服！你觉得这太夸张了吗？等你翻到下一页，就会看到森林给我们的所有馈赠，甚至包括你正在读的这本书用的纸。有一首歌唱道，"爱无处不在"，其实森林更是无处不在。人类的生存十分依赖森林，假如森林消失了，那么我们也会消失。

森林促进人类健康

你肠胃不舒服的时候，一定喝过洋甘菊茶，或者因为头上撞了一个包而涂过山金车软膏。我们从几千年前就开始利用野生植物中的化合物来治病，现在许多药物还在继续使用或模仿这些植物中的化合物。事实上，四分之一的现代药物都以热带森林中的植物为原料。我们有无数个保护森林的原因，这是其中一个。想象一下，森林里有一种药物可以治疗一种非常严重的疾病，但是森林正在被摧毁，即将永远消失，我们该怎么办呢？

保护屏障

有些疾病可能通过野生动物传染给人类，而森林就是一堵保护墙，把我们与疾病隔离开。许多病毒和细菌通常有首选的寄生动物物种。如果生态系统处于平衡状态，那么自然界中的天敌就能够控制被感染的动物的数量。但是，一旦这种平衡遭到破坏，生病的野生动物接近家养动物或者人类，就可能会引起一场巨大的灾难。

森林浴

森林能够舒缓压力。人们有压力时，其抵抗力会下降。而森林可以帮助人们变得更强壮，不容易生病。事实证明，如果窗外有树木，病人会在更短的时间内康复。有些国家的医生会为病人开森林浴处方。森林浴的意思不是让你捡些树枝、树叶放进浴缸，而是让你在森林里安静地散步。

物美价廉

树木的作用包括产生肥沃的土壤、为其他植物提供养分、帮助形成降雨、预防洪水以及防止水土流失。此外，森林还为我们提供了优质的肉类、乳制品和蜂蜜，还有野果、蘑菇等。而且，森林的作用不局限于森林内部。大山里的森林是河流的发源地，它为周边的土壤提供保护、养分和水分，甚至影响着数公里外的土壤。所以，虽然农作物生长在森林之外，但是它们也依赖于远方的森林。无论人类拥有多少技术，如果没有森林就没有足够的授粉者和害虫捕食者，也没有肥沃的土壤。森林对城市来说也很重要，因为虽然城市和森林之间距离遥远，但是人们在城市里呼吸的空气和饮用的水也来自森林。

我找到了！

森林给予发明家、思想家和艺术家以灵感，大地艺术更是让森林成为人们赞美的对象。一些伟大的画作、交响乐和故事就是在著名的森林里诞生的，而且事实证明，在森林里安静地冥想或者散步能够让大脑更高效。所以，现在你知道下次"不知道要画什么"的时候，可以去哪里了。当然是去林间小路上散步！

天然过滤器

植物的根部和生活在植物根部周围的细菌都能够吸收污染物，所以森林能够对渗透到含水层的水进行净化。

生物多样性

森林里生活着 80% 的陆地物种。只需要一棵新树，就能够为鸟类、小型哺乳动物、昆虫、蜘蛛、蚯蚓、真菌、地衣、细菌提供住所和食物。公路、大片耕地和城市分割了生态系统，只需要一排树和灌木，就能创造一条生态走廊，把被公路、耕地和城市分割的生态系统连接起来，让动物和种子能够在不同的生态系统之间安全地移动，提升生态系统的可持续性。

洁净的空气

人类活动（特别是工业革命以后）向大气排放了过量的二氧化碳，这是造成气候变化的主要原因之一。树木通过光合作用吸收大量二氧化碳，有助于减缓全球变暖。此外，树木还过滤了空气中的污染物并把它们储存在树干中。

没有塑料的海洋

得益于生物精炼厂的技术，现在木材已经成为塑料的一种替代品。这些工厂可以把木材转化为可降解的生物塑料。

木材还可以用于生产布料、生物涂料，甚至制作用在窗户上的透明木头！

城市中的森林
与森林中的城市

看看你的周围，你看到多少东西来自森林？门、家具、纸、用树脂生产的油漆和清漆、用柳树或栗子树的枝条编织的篮子、软木塞等，这些都是我们需要的东西，使用它们并不是一件坏事。因为使用这些可再生产品比石油制品更加环保。虽然听起来有点奇怪，但是许多被利用的森林反而得到了更好的保护，遭受更少的火灾。当然，对森林的利用不能危及它们的未来，要以可持续的方式利用森林。以下这些时候不可以在森林里使用机器：夏天，避免火花引起火灾；大雨过后，避免破坏土壤；动物繁殖的季节，避免伤害到小动物。还有最重要的一点，每次砍伐大树后，必须补种小树。

　　我们的日常生活影响着森林和森林里的动植物，但是通过一些办法可以减少这些影响。我们需要水库来储备水，但是必须修建鱼梯帮助鱼类跳过堤坝或水坝完成迁徙；还要监测河流，确保对鱼类来说有足够的水量。生活污水要经过处理再排放，就像我们需要净化水来消除危险的微生物那样。清洁能源必须真正做到对环境无害。为了避免伤害鸟类，风力发电机的位置必须远离鸟类的飞行路线。电线上必须安装颜色鲜艳的防鸟器，让电线更加显眼。还有一点很重要，绝对不要把花园里的植物拿到森林里种植，也不要让外来的宠物或者农场动物在森林里自由奔跑，因为它们可能会成为入侵者并传播许多疾病。

濒危的森林

世界各地的许多森林都面临消失的危险。每一次过度砍伐森林；每一次侵占森林作为耕地、建筑用地，或者用于开采岩石或矿石；每一次把森林修建为高速公路、高铁线路或者用巨大的围栏把森林分成小块；每一次对外来物种的不当管理等，都会危及森林的未来和生活在森林里的动植物。

有时候我们确实需要一次性使用大量树木，那么就有必要建立种植园。欧洲的大多数生产性种植园建立在多年前甚至几个世纪前森林消失的地方，他们还在继续建立更多的种植园。那里的树木实际上就像农作物，不过产品是树木，而不是土豆。此外，如果这些种植园管理良好并保护好土壤，对环境也有帮助，因为从种植到砍伐需要等待很多年。出产杨木或者桉木纸浆需要10至15年，而出产优质的胡桃木或樱桃木需要20至60年。这段时间里，树木会持续地从空气中收集碳，用树根固定土壤，为其他动物提供生存空间。但并不是所有的种植园都遵守规矩，有时候人们甚至为了建立种植园而砍伐森林，而且还在继续这样做。

一网打尽

有些国家没有保护森林的法律，那里大片的森林被砍伐，连小树林和母树也不放过。热带雨林里生活着许多种树木，有时人们为了利用某种流行的木材或者为了开采石油、铁矿石等，就会大面积砍伐森林。

刀耕火种

雨林被砍伐和焚烧后，被夷平的土地就变成了印度尼西亚的棕榈树种植园、亚马逊的草原、大豆农场和马达加斯加的玉米农场等。英国生物学家简·古多尔和美国动物学家戴安·福西多年来一直谴责砍伐雨林的行为，因为这种行为破坏了许多濒危动物的栖息地。而且人们砍伐雨林后还种植了许多过度消耗含水层水资源的作物。

被进攻的克隆树木

生产木材或纸张的种植园面积非常大，园内所有树木的品种和树龄都一样，所以更容易受到气候变化和病虫害的影响。如果种植的全是同一棵树的克隆品种，那么风险就更大了。因为所有的树木拥有相同的基因，一旦出现一种害虫或者有害的真菌，它们只要能够攻击一棵树，也就能够迅速地攻击其他树木。如果是外来的病虫害，那情况就更糟糕了！因为树木面对新的威胁并不知道怎么保护自己，也没有自然界的捕食者可以阻止这种疾病和害虫。这些原因导致许多树木死亡，变成干枯的木头，大大增加了火灾风险。

火风暴

由于气候变化以及人们对森林的利用方式的变化,大火更有可能变成无法靠人力扑灭的灾难。大火会形成自己的气象,甚至会生成温度超过 2000 摄氏度的火风暴。这种火风暴会把火灾迅速扩散到几公里之外。

只有一个地球

地球只有一个,我们必须保护它。如果人类想要保持现有的生活方式,就要把正在使用的产品和能源替换成可再生的,并且要节约使用资源。

着火了!

预防火灾的困难在于，我们想要保护的植被恰好也是让火势变大的燃料。火是一种自然现象，几千年来，火一直在调节森林里积累的可燃物质的数量。自从人类掌握了火的使用方法，便开始利用火，比如用火开辟更多的牧场和农田，或者在战争中以火为武器。可以说几乎所有的景观都被火改变过，无论是通过自然发生的火还是人为酿成的火。有时火灾过于严重，或者火灾次数过多，许多地方的森林也就逐渐消失了。

无意或故意

每十场火灾中有九场是由人类活动引起的。火灾的起因可能是小小的烟头，农业收割机、火车、电线冒出的火花，或者是为了翻新牧草和清除庄稼残茬而放火却最终失控，以及为了报复而放火，等等。

林中小屋

分散的房屋和住宅区的火灾风险很高。而且法律规定，如果发生火灾，首先救人，然后救建筑物和财产，最后才去拯救森林。但是在森林等待灭火的时候，最初的小火会不断积蓄力量，直到超出人类的灭火能力。

更少但更严重的火灾

现在我们拥有比以前更好的火灾探测方法和灭火方法，所以我们可以更快地扑灭一场普通的火灾。这真是一个大大的好消息。不过，虽然这些技术降低了火灾的发生频率和危害程度，但是如果我们没有清除多余的植被，比如伐木或者让牛羊在森林里吃草，那些植被就会一年又一年地自然生长，导致森林里积累的可燃物质越来越多，下次可能会发生更严重的火灾。这就像一颗定时炸弹，如果遇到适当的条件，比如高温、干燥和强风，它将会变成一场灾难性的大火，即使用最好的灭火方法也很难扑灭。

潜在的灾难

20世纪有大量人口离开农村去城市里生活。由于农村人口减少，砍柴和传统畜牧活动也减少了，所以灌木丛和杂草无限生长。而且由于全球变暖，夏天越来越炎热干燥，枯树也越来越多，这些累积的可燃物都非常干燥，特别容易燃烧。以上这些因素使大火的温度达到极高，火焰变得又高又快，远远超出我们的想象。这种大火是无法扑灭的，它最终会蔓延成500公顷以上的重大森林火灾，森林里的所有东西都会被烧毁。不只是我们能看见的地面上的植被和动物，还包括我们看不见的土壤中的东西，比如有机物、储存的种子、深处的根系、生活在地下的动物和微生物。总之，所有帮助形成土壤的物质都被烧毁了。

全年灭火

预防火灾的关键是清除某些区域的可燃物质。我们可以设置防火隔离带，清除隔离带内的部分植被。这样一来，当火蔓延到隔离带的时候，它的火势和速度就会被降低。我们还应该注意道路周围的环境，防止因为有人从车窗丢出烟头而引发火灾。还有一种理想的方法是，通过传统放牧来控制植被的数量。这样即使发生火灾，火焰也无法从草地爬到小灌木丛和大灌木上，也不会顺着灌木爬到树冠。因为羊群帮助我们预防火灾，牧羊人有时会获得一些公共资金作为奖励。

一条"火龙"

　　大火就像一头野兽，它需要可燃物作为食物，也需要呼吸氧气。有了这两样东西，火就能不停地变大。被火加热后的空气重量更轻，热空气上升留下的空隙会被周围的空气填满，形成气流。这股气流就像一个鼓风机，让火更加旺盛，温度更高，速度更快，燃烧更多植被。这种火就像一条有头部、侧身、手指和尾巴的"火龙"。

　　森林防火工作人员说，火好像真的有自己的想法，因为它总是在寻找一个方向，让自己变得更强大，造成更大的伤害；即使它被困住，也会寻找出口再次燃烧。

　　有时候火势失去控制，速度太快，火焰太大，只能采用反烧法进行反击。反烧法指的是在大火的前方故意点燃一团火，让它朝着大火的方向燃烧。加剧火灾的气流同样会让新点燃的火朝着大火蔓延，并燃烧一路经过的所有可燃物。当两股火相遇时，周围已经没有可以燃烧的物质，不能再向任何一个方向前进，所以最后两条"火龙"同归于尽。

烟雾信号

　　烟雾的颜色、大小和形状能够提供线索，让我们了解火灾情况。

正在燃烧的是草原，可燃物很少。

正在燃烧的是大片树木和灌木丛，而且有风。

正在燃烧的是大量可燃物，大火已经变成一场火风暴。

大火是如何移动的？

1

热空气上升，拉着火顺着山坡向上爬。火在前进的同时温度、威力和速度也在不断上升。

2

傍晚，山区常常发生逆温现象（高处的气温反而更高），导致气流进入山谷，火随着气流从高处返回山谷，最后自然熄灭。

3

但是，如果火蔓延到山坡的另一面，那将是一场灾难。因为那个方向还有未燃烧的植被，而冲向山谷的气流会推着火不断前进。由于晚上灭火困难，火势就会失控。

灭火中与灭火后

扑灭一场大火需要很多人的参与，并且需要保持冷静，因为大火会让人产生压力，导致紧张和恐慌的情绪。而且求生本能也会让人反应过度。为了避免事故，所有人必须齐心协力，服从火场指挥部的决定和命令。因为这是紧急情况！这种时间和地点不适合争论。灭火是一项非常艰苦的体力和脑力劳动，可能会持续几个小时甚至几天。此外，火被熄灭后我们仍然需要观察这个地方并且洒水，防止灰烬再次燃烧。最后灰烬熄灭时，我们后续的工作是保护土壤，防止土壤随着雨水完全流失，还要帮助动植物尽快恢复。

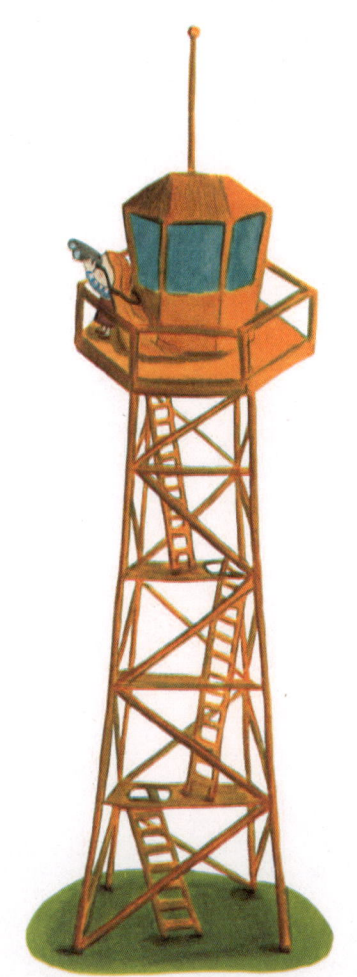

减少损失

为了控制火势，必须清除火场前端的植被，因为如果没有可燃物，火就不能前进，最终会自己熄灭。因此，人们用推土机清除植被，设置一道防火线。

小心！

飞机灭火是最快的方法。熟练的飞行员能够驾驶飞机到达地面无法接近的地方。

坚守岗位

消防员们用灭火拍控制大火的侧翼和尾部，并给已经熄灭的地方做降温处理。

永远铭记

如果你闻过森林燃烧时的气味，见过那时天空的颜色，那你感受到的愤怒和无助将会永生难忘。

水来了！

水库、灌溉水池和私人游泳池必须向消防员开放，让抽水机和直升机水桶来取水。

防火线
推土机
火场指挥部
灭火拍
直升机水桶
抽水机

下雨之前

尽早开始修复森林是非常重要的。人们需要砍掉被烧毁的树木,防止它们成为害虫的温床,也为新种子留出生长空间。

固定土壤

用最细的树干和枝条扎成一捆或者做成栅栏竖立在地上,防止雨水冲走裸露的土壤。

保护动物

不要忘记为小型哺乳动物搭建小房子,以及为猛禽类准备瞭望柱。

生命银行

土壤中有"种子仓库"和能够重新发芽的根系,如果大火没有影响到地下的种子和根系,那么很快就会长出新植物,但是有时候也需要人工植树造林。

如何保护森林？

你已经发现我们的生活离不开森林了,对吗?那么,为了继续享受森林给予我们的一切,我们也要保护森林!虽然大自然充满智慧,但是人类几千年来一直在改变森林,所以它们也需要我们提供一些帮助。

保护森林就是努力让森林保持健康强壮,帮助森林适应气候变化,保证森林再生。如果要伐木,确保及时补种小树。

有的人在森林里工作,比如森林管理员、牧场主、采菇工人等;有的人在森林里散步。而我们所有人都依靠森林来获得洁净的空气、水,以及用于生产食物的肥沃土壤。由于森林里有很多物种,也有很多人,为了确保森林的安全和健康,我们必须建立一套秩序,来管理进入森林的人、位置、方式、时间,以及砍伐树木的数量和用途。

森林清单

要保护一片森林，或者想知道砍伐多少树木不会危及森林，首先要了解森林的情况，比如森林里有哪些品种的树木，它们有多高多大，它们的生长方式、健康状况，是否有足够的种子和新树苗等。但是要走遍森林的每一个角落并测量每一棵树是不可能完成的任务。我们的做法是选择几个区域获得数据。主要通过无人机或飞机激光扫描整片森林，分析卫星照片，结合所有的信息再加上大量的数学计算，相对准确地推断出森林的真实情况。

生物防治

有些昆虫可能会酿成虫灾。在不使用有毒的杀虫剂的情况下，我们可以阻止昆虫繁殖或者保护昆虫的捕食者。松毛虫会吃掉松树的针叶，让松树变得虚弱。我们可以使用信息素陷阱来阻止雄蛾与雌蛾接触。这种陷阱复制并释放雌蛾的化学物质，然后雄蛾就会因为被假冒的爱情信号吸引而掉进陷阱。我们还在树上悬挂人工巢箱，吸引更多鸟类在毛毛虫化茧成蛾之前吃掉它们。

树木与多样性

有些老树或者快死的树是鸟类、昆虫和小型植物的家园，所以我们要尽力保住这些树木。保护森林，还需要在两件事之间保持平衡：清除森林里的部分植被以防止火灾；保留动物需要的灌木或灌木丛。

1 生产

人们利用一小块森林来获得木材、生物质能、软木、树脂、蘑菇、牛羊等。这块区域通常是车辆最容易到达的地方。

2 保持

森林大部分区域的作用是维持生态功能和确保可持续发展。这是非常重要的，特别是长在被侵蚀的土壤或者山地上的森林。

3 娱乐

森林里有些区域是专门为游客设计的，那里修建了步道和娱乐区。如果需要改造树木，比如修枝、间伐、砍伐，需要注意不对景观造成太多影响。

4 科学保护区

科学研究非常重要。我们通过研究来了解一个生态系统的运行情况，并预测它未来的样子，所以必须为科学实验留出一小块森林。

为了保护树木而砍伐

如果树木之间距离太近，就会互相影响，容易产生病虫害和火灾，所以需要对树木进行修枝和间伐，并砍掉生病的树木以防止其他树木被传染。如果森林中绝大多数树木是 80 到 140 岁之间的成年树木，那么必须开辟一些空地让小树成长。这样做可以帮助森林更新，同时提高森林的生物多样性。

捉迷藏

为了恢复物种平衡，需要保护某些动物或者帮助某些动物的捕食者。我们可以从动物的足迹、粪便、毛发、羽毛、巢穴、洞穴、声音等，判断出森林里有哪些物种。

如何修复
一片森林？

森林消失的后果很严重。一旦肥沃的土壤流失，森林基本上不可能自然恢复，尤其是生长在陡峭的山坡或者气候恶劣的地方的森林，所以需要人工干预。在恢复森林的过程中，有些工作看起来有点野蛮。比如，有时必须清除所有的自发植被或移除土壤，好让新的树木和它们的根系获得更多的生长空间。这其实就像一台事关生死的大手术，目的是让一个地方的森林重新生长。这台手术虽然会产生疤痕，但是过一段时间疤痕会消失。事实上，有些再生植被很好地改善了生态系统，现在甚至成为标志性的景观。

你可以为
森林
做什么?

我们依赖森林并且需要森林，没有森林我们就无法生存。所以我们不能忘记历史，或者重复以前犯过的错误。随着人口增长，人类改造土地的能力也在不断提高。现在全世界有80亿人口，和只有100万人口或者12000年前的生活方式大不相同，地球承受着巨大的压力！但好消息是，人口增长也代表有更多的人在可持续利用森林的同时，可以照顾和保护森林，这样也能有效遏制气候变化和全球变暖。现在，你已经是一名森林专家了。你一定知道可以做很多事情来帮助森林，那么现在就开始教其他人保护森林吧！

多一些木制品，少一些塑料制品

每当你选择一件木制品，并且它来自管理良好的森林，那你就为保护地球出了一份力。你放在家里的这件木制品是一个真正的二氧化碳仓库。而且木制品还可以生物降解。除此之外，生产木制品对环境的影响要比生产塑料制品小得多。同时，森林里有新的树木继续生长，并从空气中吸收更多的二氧化碳。所以购买木制品是防止全球变暖最有效的行动之一。

你，你是谁？

确保你购买的木制品来自遵守环境法的国家。对于外来的木材应该格外小心。还要确保它们来自可持续管理的森林，并且没有携带病虫害。

从森林到餐桌

有些森林为农民提供了护林员的就业机会，因此，这些森林也会得到最好的保护。而且当你购买来自森林的产品，比如家具、工艺品、农产品和山区畜牧产品时，你也在间接地保护森林。

森林需要你

你想象不到森林里有多少垃圾被雨水冲走，最终进入河流和海洋。下次你去森林的时候，可以捡起你看到的垃圾，也可以和朋友一起组织清理垃圾的活动，或者报名参加志愿者活动。

未来的植物

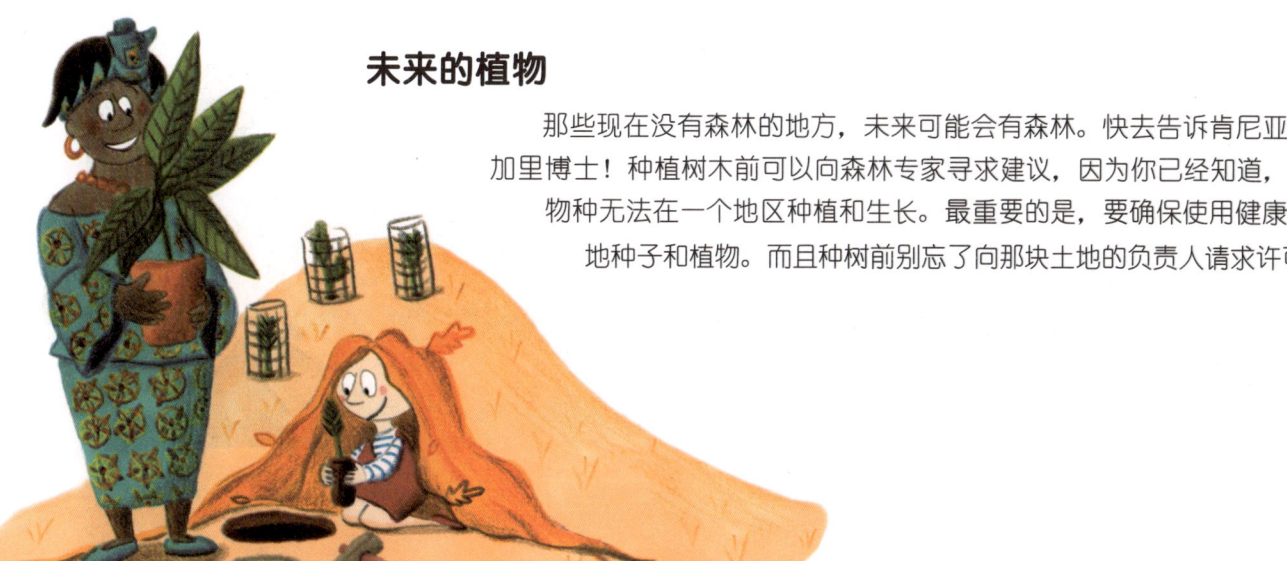

那些现在没有森林的地方,未来可能会有森林。快去告诉肯尼亚的旺加里博士!种植树木前可以向森林专家寻求建议,因为你已经知道,有些物种无法在一个地区种植和生长。最重要的是,要确保使用健康的本地种子和植物。而且种树前别忘了向那块土地的负责人请求许可。

发现火灾要打电话报警

我们所有人都应该做森林的守卫者。如果发现火灾,一定要拨打119火警电话。不要觉得肯定有人已经报警了就放弃报警。要是每个人都这样想呢?灭火工作开始得越早,火灾就越容易被扑灭。而且进入森林后要遵守所有的规定,尽可能地也要求其他人同样遵守规定。

保守秘密

森林不会说话,但是你可以代替它们发言。读完这本书,你已经是森林方面的小专家了,可以向别人分享你学到的知识。不过还有一个困难,那就是你要保守秘密。如果你发现了动物的巢穴或洞穴,看到了受保护的动植物品种,或者发现了一个神奇的地方,绝对不要轻易告诉任何人这个地方的位置!记住,保护动植物最好的方法是帮助它们保守秘密,让它们不被别人发现。

如何在家里保护森林

阅读更多关于森林的书籍,寻找关于植物、鸟类的指南。书籍是二氧化碳的仓库,所以当你阅读的时候,也是在保护地球!你还可以帮助你所在的村庄和城市建设绿色走廊,或者在阳台和院子里养一些植物,以及看到蜜蜂和小鸟,尽量不去打扰它们。

找找它们藏在哪儿

或许你觉得我们关于生物多样性讲得太啰唆。但不管怎么说，你现在已经知道我们人类的生存依赖大自然。为了让生态系统能够正常运转并且适应变化，保持生物多样性与生态系统之间的连接是至关重要的。

这本书包含超过180个物种的插图，有乔木、灌木、花草、哺乳动物、鸟类、爬行动物、两栖动物、鱼类、昆虫以及真菌。我们在下一页会告诉你这些物种所在的页码，由你自己去找到它们，识别它们。大多数动植物是欧洲本地物种，有些是生物指标（反映环境质量的物种），有些是被驯化的物种。当然还有些是有可能成为入侵物种的外来动植物，以及一些害虫和疾病，看看你能不能找到它们。

乔木和灌木

桦树（15）（19）（30）（31）（种子47）（87）（103）；银冷杉（3）（4）（5）（15）（23）（木材53）；北美黄杉（22）；欧洲枸骨（2）（23）；西班牙栓皮栎（23）（种子46）（83）；胶榄木（30）（31）（87）；朴树（87）；枫树（种子47）；蒙彼利埃槭（87）；挪威槭（102）；欧鼠李（12）；欧榛（2）（5）（30）（种子46）；猴面包树（19）；桃花心木（23）（木材52）；板栗树（4）（5）（14）（15）（27）（种子46）（87）；雪松（22）；樱桃树（22）（木材52）；铁线莲（19）；杨树（30）（种子47）（木材53）（103）；杂交山杨（67）；地中海英莲（35）；冬青栎（2）（35）（种子46）（48）（木材52）（58）（82）；黑刺李（10）（14）（35）；蓝桉（67）；白蜡树（22）（58）（87）；水青冈（15）（22）（种子46）（木材52）；矮株欧洲刺柏（种子46）；岩蔷薇（14）（59）；薰衣草（91）；乳香黄连木（82）；山楂（4）（11）（14）；青冈柳（18）（67）；含羞草（18）；胡桃树（39）；榆树（23）（种子47）（48）（87）；松树（4）（14）（15）（27）（35）（种子34和46）（63）；地中海松（46）（82）；海岸松（5）（22）（67）（102）；欧洲赤松（19）（木材53和55）（54）（87）（102）；鹰爪豆（18）；悬铃木（103）；栎树（3）（14）（46）（58）（67）；橡树（3）（4）（15）（30）（38）（39）（41）（42）（49）（62）（63）（87）（91）；北美红栎（19）；犬蔷薇（14）（58）（91）；柳树（22）；白柳（30）；接骨木（15）；花楸树（14）；欧洲红豆杉（3）（47）；椴树（2）；荆豆（18）；百里香（35）；黑莓（11）（14）（58）；蒿柳（67）。

其他花草

金盏花（91）；刺菜蓟（34）（59）；蒲公英（15）（种子34）（35）（59）；附生植物（18）（23）；宽叶香蒲（15）（30）；草莓（14）；长寿花（30）；凤眼莲（67）；车前草（4）（30）；洋甘菊（15）；槲寄生（82）；苔藓（4）（14）（41）（42）（82）；水仙（15）；荨麻（14）；芍药（14）；蒲苇（67）；报春花（14）；红花三叶草（59）；猫爪藤（18）（67）。

哺乳动物

松鼠（39）（87）；公牛（26）；洛西诺马（59）；山羊（23）；阿斯皮哥利山羊（59）；伊比利亚山羊（58）；鹿（14）（58）；黑鹳（67）；负鼠（15）；兔子（15）（足迹15）（粪便38）（38）（79）（82）；狍（足迹4和5）（14）（39）；刺猬（14）（35）；猫（66）；大猩猩（71）；野猪（38）；猞猁（82）；狼（83）（粪便和足迹83）；猛犸象（27）；浣熊（67）；獒犬（56）；蝙蝠（15）；鼬鼱（34）；猩猩（68）（71）；棕熊（14）；丘拉羊（56）（59）（粪便59）；美利奴羊（58）；绵羊（26）（27）（67）；狗（27）；老鼠（15）（足迹15）（46）；獾（足迹15）（35）（67）；田鼠（86）；鼹鼠（38）；图丹卡牛（58）；母牛（26）（27）；狐狸（14）（35）（38）。

鸟类

灰林鸮（15）（92）；雕鸮（82）；欧亚鸳（86）；赭红尾鸲（63）（92）；小嘴乌鸦（27）；乌鸦（15）（足迹15）；黑顶林莺雌鸟（5）（10）；雀鹰（35）（92）；蓝山雀（15）（92）；仓鸮（91）；红鸢（79）；乌鸫（34）（47）（92）；叽咋柳莺（35）（92）；斑鸫（63）；红腿石鸡（81）；知更鸟（14）；大斑啄木鸟（54）；火冠戴菊（42）（92）；夜莺（15）；普通鵟（54）（92）；鹧鸪（18）；喜鹊（87）；欧歌鸫（38）。

爬行动物、两栖动物和鱼类

岩蜥蜴（34）；蓝斑蜥蜴（31）；青蛙（15）、青蛙（蝌蚪）（14）；鲑鱼（67）；褐鳟（87）；蝰蛇（14）。

昆虫

蜜蜂（4）（58）（59）；大翼甲螨（34）（35）；蛞蝓（鼻涕虫）（35）；球虫（35）（38）；赤蜈蚣（35）；地下水生甲壳类动物（38）；蜉蝣（31）；金龟子（34）（35）；蜣螂（35）；蜈蚣（35）；蟋蟀（15）；蝼蛄（幼虫35）；线虫（34）（35）；蚂蚁（35）（39）；松象虫（55）；蜻蜓（30）；蚯蚓（34）（35）（42）；钩粉蝶（毛虫、蛹和成虫）（12）；瓢虫（31）（34）；苍蝇（34）（59）；蚊子（15）；松材线虫（70）；毛毛虫（38）（42）；银色的小虫子（35）；跳蚤（56）；蚜虫（34）；松毛虫（丝巢70和82）（82）；螳螂（35）；水黾（30）（31）。

真菌

毒蝇伞（14）；牛肝菌（5）（14）（35）（36）（38）（39）（42）（66）（83）；蘑菇（34）；木蹄层孔菌（4）（木质部55）（82）；松乳菌（39）；裸盖菇（34）；鸡油菌（5）（14）；红菇（35）；杏鲍菇（34）；冬青栎疫霉根腐病（58）；栓菌（14）；地衣（34）（38）（39）（82）。

服务于大自然的技术

为了保护森林，人们使用许多仪器、工具和机器，有的在野外使用，有的在实验室里使用。此外还会修建一些基础设施。接下来我们会告诉你这本书中出现过的设备和设施的名字。有的是你听过的，也有一部分名字对你来说会有些陌生。

风力发电机（67）；标记喷漆（83）；养蜂喷烟器（58）；种子图集（49）；自卸车（翻斗车）（67）；消防飞机（78）；播种飞机（87）；直升机水桶（78）；树芯取样器（54）；灭火拍（78）；推土机（78）；巢箱（82）；照相机（28）（31）；玻璃罩（49）；狗项圈（56）；标记片（82）；蜂箱（4）（58）；盖革计数器（39）；野账本（2）（3）（95）（102）（103）；卷尺（50）；堤坝（87）；激光雷达无人机（82）；无线电（78）；多孔育苗盘（84）（87）；鱼梯（67）；设有植物过滤带的污水处理厂（67）；净水处理厂（67）；变电站（67）；树枝（79）；卡尺（82）；育苗瓶（49）；直升机（78）；水准标尺（32）；污水管线（67）；放大镜（28）（31）（54）；浇水管（74）（78）；显微镜（52）；消防背包（26）；抽水机（74）（78）；电锯（54）（67）（75）（79）；激光点云（81）；瞭望柱（79）；铁锹（32）（91）；法式锹（86）；尖镐（91）；培养皿（49）；笔记本电脑（78）（81）；双筒望远镜（14）（28）（77）；苗木保护罩（58）（86）（87）（91）；饮用水取水点（67）；喷壶（88）；比特利希林分速测镜（82）；蜘蛛挖掘机（87）；平板电脑（82）；越野车（78）；消防瞭望塔（77）；信息素陷阱（82）；试管（49）；防鸟器（67）。

献给所有爱护森林的人们，也献给我们的孩子们。

我们谨向拉法·阿隆索博士（林业工程师兼森林生态学专家）、乌戈·马斯·伊·希斯韦特博士（林业工程师兼昆虫学家）、帕科·桑切斯（生物学博士兼鸟类学家）表示感谢，谢谢你们帮助我们审阅本书科学方面的内容，以及为本书贡献想法和为我们答疑解惑。同时也要感谢苏珊·西玛德（林业科学博士兼生态学家）、费尔南多·巴利亚达雷斯（生物学博士兼全球变化专家）、马克·卡斯泰尔努（林业工程师兼森林火灾专家）和哈维尔·马德里加尔博士（林业工程师兼森林火灾专家），谢谢你们对本书的推广。最后还要向卡洛斯·莫拉博士（林业工程师兼植物学家）、费尔南多·戈麦斯·曼萨内克（生物学博士兼植物地理学家）、阿方索·圣米格尔博士（林业工程师兼牧场与野生动物学专家）和佩德罗·蒙特塞拉特（生物学博士兼生态学与植物地理学家）表示感谢，你们作为良师，教会我们以不同的方式看待事物。

本书中出现过的名人
（按照出现顺序）

亚历山大·冯·洪堡（1769—1859）

德国地理学家、天文学家、博物学家和探险家。他的旅行对植物学、气候学、地质学等科学产生了重要影响。他是生态思维的先驱，也是第一位讨论气候变化的科学家。

查尔斯·达尔文（1809—1882）

英国伟大的科学家。1859年，达尔文结束了比格尔号舰环球航行之后，出版了《物种起源》。这本著作提出的自然选择的概念彻底改变了人们对于生物进化的认识。

卡尔·冯·林奈（1707—1778）

瑞典教授、博物学家、植物学家、动物学家。他建立了物种分类法和双名命名法。

苏珊·西玛德（1960—）

当代加拿大教授、研究员、科普作家、森林生态学家。她主要研究母树理论和不同物种之间如何通过真菌网络进行协作。

简·古多尔（1934—）

英国人类学家、动物行为学家、教授、野生黑猩猩（与人类基因最接近的物种）研究的先驱，以及动物保护与福利捍卫者。她研究坦桑尼亚黑猩猩的家庭和社会互动长达 60 多年。

戴安·福西（1932—1985）

美国动物学家、环保主义者、大猩猩研究专家。她在非洲的扎伊尔和兰达工作了 20 多年，建立了大猩猩研究中心。她被偷猎者杀害而去世。

圣地亚哥·拉蒙·伊·卡哈尔（1852—1934）

西班牙医生、教授、人文学家。他是神经科学之父，也是神经元的发现者。他是 1906 年诺贝尔生理学或医学奖得主，是西班牙科学研究领域的伟大榜样。他在参观西班牙穆尔西亚的埃斯普尼亚山的人工造林时说："绿化山脉和启发智慧能够让我国变得富强并获得其他国家的尊重，这也是我们必须追求的两个理想。"

旺加里·马塔伊（1940—2011）

肯尼亚政治家、生态学家。她是第一位获得博士学位并且获得诺贝尔和平奖的非洲妇女（2004 年）。为了抗击沙漠化、森林砍伐、缺水和农村饥荒等问题，1977 年，她创立了绿带运动，这项运动从肯尼亚传遍了整个非洲。

去森林要注意什么？

森林是一个很棒的地方，但是参观森林时，你需要小心一些。你要穿上靴子，看清楚脚下的路，不要打扰任何动植物。如果你需要抬起一块石头，记得用棍子抬，避免被小动物咬伤，最后要轻轻地把石头放回原地。绝对不要吃任何你不认识的东西，因为有些花草、果实和蘑菇的品种很容易认错，可能有毒性。回到家后，仔细检查你的衣服、头发和身体的所有小角落。注意是所有角落，确保没有带回什么不速之客，其实主要是指蜱虫，我们也觉得蜱虫很可怕。

快来贴出你心目中的大森林